Gulliver Taschenbuch 536

Klaus Kordon

Der goldene Ritter

Ein beinahe wahres Märchen

Mit farbigen Bildern von
Julian Jusim

BELTZ
& Gelberg

Klaus Kordon, geboren 1943 in Berlin, studierte Volkswirtschaft und unternahm als Exportkaufmann Reisen nach Afrika und Asien. Heute lebt er als freier Schriftsteller in Berlin. Er gehört zu den bekanntesten Kinder- und Jugendbuchautoren der Gegenwart. Im Programm Beltz & Gelberg erschienen zahlreiche Romane und Erzählungen von ihm, die mit vielen zum Teil internationalen Literaturpreisen ausgezeichnet wurden. Für *Die Zeit ist kaputt. Die Lebensgeschichte des Erich Kästner* wurde er mit dem Deutschen Jugendliteraturpreis ausgezeichnet.

Julian Jusim, geboren 1946 in Kujbyschew an der Wolga, ist ausgebildeter Architekt und verlegte sich nach seiner Übersiedelung ganz aufs Zeichnen. Im Programm Beltz & Gelberg veröffentlichte er u.a. die Illustrationen zu Manfred Mais *Deutsche Geschichte* sowie das Bilderbuch *Wenn kleine Hasen schlafen gehen*.

www.beltz.de
Gulliver Taschenbuch 536

Programm Beltz & Gelberg, Weinheim

Erstmals erschienen 1996 bei
K. Thienemanns Verlag, Stuttgart-Wien-Bern
Einbandgestaltung von Max Bartholl
unter Verwendung einer Illustration von Julian Jusim
Gesetzt nach der neuen Rechtschreibung
Gesamtherstellung Druckhaus Beltz, 69494 Hemsbach
Printed in Germany
ISBN 3 407 78536 4
1 2 3 4 5   06 05 04 03 02

Irgendwann irgendwo gab es einmal eine Insel, deren Namen niemand mehr kennt. Es war eine sehr große und schöne Insel, umrauscht von der Meeresbrandung, gekrönt von Gebirgen, die bis in die Wolken reichten. Saftige Wiesen nährten das Vieh, in den Bergen wurden Silber, Kupfer und andere kostbare Erze gefunden, die See war voller Fische.

Die von ihren Göttern dermaßen reich beschenkten Insulaner hätten glücklich sein müssen und wären es wohl auch gewesen, wäre ihre Insel nicht über viele Jahrhunderte hinweg von Tyrannen beherrscht worden, die ihnen mit hohen Steuern, strengen Gesetzen und einer Vielzahl von Verboten und Bestimmungen ihr Dasein erschwerten. Die Macht dazu verlieh jenen Herrschern allein das goldene Siegel, an dem jeder Mann, jede Frau und jedes Kind des Inselstaates am ersten Tag eines jeden neuen Jahres vorbeidefilieren und niederknien musste. Das Volk glaubte nämlich noch an die heilige Kraft jenes Siegels; die jeweiligen Siegelbewahrer benutzten es nur noch, um ihre

Herrschaft zu festigen. Und so vererbte jeder Siegelbewahrer das goldene Siegel an den nächsten Verwandten weiter. Die, mit Bart oder Schleier, waren je nach Veranlagung mal duldsamer, mal nicht so duldsam, mal hochfahrend, mal nicht so hochfahrend, mal grausam, mal nicht so grausam. In einem jedoch waren sie alle gleich: in der rücksichtslosen Ausnutzung der ihnen durch das Siegel verliehenen Macht, wenn es darum ging, den eigenen Reichtum zu mehren.

Die Insulaner stöhnten unter dieser Last, doch waren sie insgesamt ein sehr geduldiges und friedfertiges Volk, das niemals gegen den gerade regierenden Siegelbewahrer aufbegehrte. Starb einer der Tyrannen, beteten sie nur still zu ihren Göttern um einen Nachfolger, der mehr Gerechtigkeit und Milde walten ließ. Die Herren der Berge jedoch erhörten die Menschen auf der Insel immer nur für kurze Zeit und niemals in ausreichendem Maße, und schließlich gab es immer mehr Zweifler unter den sonst so gläubigen Insulanern. Und unter denen immer mehr Hoffnungslose, die ihre Traurigkeit hinter der Maske des Spotts verbargen.

Da kam zur Regierungszeit der Siegelbewahrerin Brygida, die mehr Richter und Henker entlohnte als viele ihrer Vorgänger zusammen, eines

Tages ein alter, weißbärtiger Mann die Berge herunter, wanderte durch die Häfen, Städte und Dörfer und verkündete den erstaunt lauschenden Insulanern, dass in nicht allzu ferner Zeit ein von den Göttern gesandter Ritter bei ihnen eintreffen werde, um aller Not ein Ende zu setzen.

Natürlich wollten seine Zuhörer gleich wissen, wie er denn aussehen werde, dieser Erlöser, und der Weißbart antwortete: »Er wird eine goldene Rüstung tragen und einen Schimmel reiten, weiß wie Schnee. Seinen Helm ziert ein farbenprächtiger Federbusch, aber er wird kein Gesicht haben, denn es ist kein Mensch, sondern ein Geist, der das goldene Siegel ins Meer wirft, um euch für alle Zeit von den falschen Herrschern zu befreien.«

Diese Worte ließen sogar die hartnäckigsten Zweifler und bösesten Possenreißer erschrecken. Der Alte, woher er auch gekommen war, von den Berggipfeln der Götter oder aus den Erdlöchern der Dämonen, hatte die lange Kette der seit Jahrhunderten aufeinander folgenden Siegelbewahrer »falsche Herrscher« genannt! Erfuhr Brygida davon, war sein Leben verwirkt.

Die Herrin über die Insel jedoch musste davon erfahren, denn allen Siegelbewahrern dienten Augen, die etwas gesehen hatten, Ohren, die etwas gehört hatten, und nicht zuletzt Münder, die weder etwas gesehen noch etwas gehört hatten, sondern nur einen Verdacht hegten, den sie für klingende Münze weitergaben. Nicht lange, und Schergen führten den freundlich lächelnden Alten vor Brygidas Thron. Und nahm sie die Worte des Weißbarts auch nicht ernst, so war sie doch klug genug, die Gefahr zu erkennen, die in seiner Prophezeiung steckte: Untertanen, die auf einen Erlöser hofften, wurden leicht ungeduldig. Nein, dieser geschwätzige Alte musste zum Schweigen gebracht werden. Wer aber konnte solche Arbeit besser verrichten als der Erste Scharfrichter der Insel?

Dieser, ein in Brygidas Diensten grau gewordener, mächtiger Mann, übernahm den Auftrag wie jeden. Doch wie erschrak er, als er bemerkte, dass der Weißbart selbst beim Anblick des Schwertes noch lächelte! Als Scharfrichter hatte er schon vielen Todeskandidaten ins blutleere Antlitz schauen müssen; einen, der voller Zukunftsfreude Abschied nahm, hatte er zuvor noch nicht erlebt. Trotzdem waltete er seines Amtes, trotzdem scherzte er beim abendlichen Wein mit seinen Knechten. In der Nacht darauf jedoch konnte er lange nicht einschlafen.

Wie oft hatte er die rote Kapuze nun schon übergezogen! Nie hatte ihn nach getaner Arbeit ein Gewissen geplagt. Die Obrigkeit befahl, er gehorchte. Schlug er nicht zu, hob ein anderer das Schwert. Doch nun – dieses Lächeln! Und keinerlei Verurteilung in dem alten Gesicht, keinerlei Hass auf den, der ihm den Todesstreich versetzte.

Der sonst so gleichmütige Mann war dermaßen durcheinander gebracht, dass er tags darauf seiner Frau von seinen nächtlichen Bedenken erzählte. Die trug es weiter, und bald wusste jeder Mann und jede Frau, jedes Kind und jeder Greis von dem noch unter dem Schwert lächelnden Alten. Rasch befahl die vor Wut rasende Brygida ihrem Zweiten Scharfrichter, sich durch eigene Arbeit zum Ersten zu machen. Damit aber ließ des Weißbarts Prophezeiung sich nicht ins Meer kehren. Im Gegenteil, die schlimme Furcht der regierenden Siegelbewahrerin machte den Insulanern allergrößte Hoffnung. Allein: Was bedeutete das *In nicht allzu ferner Zeit* des Alten? Durfte man noch fürs eigene Leben hoffen? Oder erst für die Söhne, Töchter, Enkel, Urenkel? Und machte man sich, wenn der Alte nur ein Narr gewesen war, im Glauben an seine Prophezeiung nicht selbst zum Narren?

Sommer vergingen, Winter vergingen. Ein Siegelbewahrer löste den anderen ab. Wurde es ein wenig besser, dann nie für lange Zeit. War der jeweilige Herrscher ein wenig milder, erinnerten sich die Insulaner der Prophezeiung des Alten nur mit nachsichtigem Lächeln. War er voll Härte, wurde das Warten auf den goldenen Ritter zur einzigen Hoffnung.

Das ging so, bis der schwarzbärtige Yaffar das goldene Siegel übergeben bekam, der schlimmste Tyrann, der je die Insel regiert hatte. Seine Vorfahren hatten den Insulanern bereits das Letzte an Steuern abgequetscht, die strengsten Gesetze und umfassendsten Verbote erlassen und die härtesten Richter eingesetzt; Yaffar drehte die Schraube noch fester zu. Ein riesiger Hofstaat, Eroberungskriege auf dem Festland und all die kostbaren Dinge, die den prunksüchtigen Yaffar umgaben, kosteten viel Geld. Wo sollte das herkommen, wenn er es nicht aus dem Volk presste? Also hatte der neue Siegelbewahrer schon früh über weitere Einnahmequellen nachgedacht und bereits nach kurzer Regierungszeit beschlossen, seine Feinde und all jene, die er dafür hielt, obwohl sie nur unter ihm litten, nicht etwa hinrichten zu lassen, wie seine Ahnen es getan hatten, sondern nutzbringend zu verwenden: Wer tot war, konnte nicht mehr für ihn arbeiten; wer nicht mehr für ihn arbeitete, schädigte ihn. Außerdem hatte fast jeder Gefangene Verwandte, die aus Furcht, der Vater, die Mutter, Tochter, Sohn, Bruder oder Schwester könnten zu Tode gefoltert werden, bereit waren, immer wieder neue Straf- und Beköstigungsgelder zu zahlen. Und das, obwohl sie wussten, dass diese Gelder allesamt in Yaffars Taschen verschwanden.

Yaffar wollte, dass alles auf der Insel ihm zu Nutzen war – jeder Mann, jede Frau, jedes Kind; jeder Grashalm, jeder Stein, jede Krume Erde. Also mussten seine Gefangenen Tag für Tag zwölf Stunden in Bergwerken schuften und erhielten gerade so viel zu essen und zu trinken, dass sie ihm nicht wegstarben. Starben trotzdem welche, waren das nur die Alten und Schwachen, deren Arbeitsleistung eher gering gewesen war und die leicht ersetzt werden konnten.

Schlimmere Verbrechen sind kaum vorstellbar, und so blieb es nicht aus, dass die sonst so duldsamen Insulaner immer mal wieder voll Verzweiflung gegen Yaffar aufbegehrten. Dessen Augen, Ohren und Münder berichteten davon, Schergen schwärmten aus, packten die Beschwerdeführer und schafften sie ebenfalls in die Bergwerke. War es eine Zeit lang zu ruhig im Volk und der Erzabbau kam nicht wunschgemäß voran, schickte der gerissenste aller Siegelbewahrer neben Augen, Ohren und Mündern auch noch Zungen aus. Das waren jene, die andere aufstachelten, gegen ihn zu wettern, damit seine Schergen weiterhin genügend Opfer fanden und der in den Bergwerken erwirtschaftete Gewinn hoch blieb.

Erholung fanden Yaffars Gefangene allein in seinen »Brotkrügen«. Das waren schmale, tunnelartige Röhren in den Seitenwänden stillgelegter Bergwerke. Jede nur so gross, dass ein einziger, ausgestreckt liegender Mensch darin Platz fand. Sitzen oder gar Stehen war unmöglich. Nach der Arbeit wurden die Gefangenen mit einem Stück Brot und einem Krug Wasser in den Händen vor diese Röhren getrieben und ein Austausch fand statt: Die bisher geruht hatten, wurden zur Arbeit getrieben, die gerade von der Arbeit kamen, krochen in die »Krüge«. Tages- oder Nachtlicht bekamen die Gefangenen nur zu sehen, wenn es zur Arbeit oder zurück in die Röhren ging. Dementsprechend grau war ihre Haut.

Und der schlaue Yaffar hielt diese Brotkrüge nicht etwa geheim: Je mehr die Insulaner darüber erfuhren, desto größer wurde ihre Angst. Und richtig, bald wagte niemand mehr, ein unbedachtes Wort zu sagen. Allein an den Abenden, wenn die Insulaner vor ihren Werkstätten oder Hütten saßen, flüsterten sie voll Zorn miteinander.

Und natürlich waren es die jungen Leute, die am heftigsten mit den Füßen scharrten: Wie lange würde das denn noch so weitergehen? Sollten sie ihr ganzes Leben dem tyrannischen Schwarzbart opfern?

Die Alten versuchten, die Jungen auf die Ankunft des goldenen Ritters zu vertrösten. Die aber blickten nur missmutig zu den Bergen hin. Weshalb ließ er sich denn so viel Zeit, der große Erlöser? Wie schlimm sollte es denn noch kommen, bis die Götter sich endlich bequemten, ihn auf die Reise zu schicken? Und was, wenn jener Alte aus Brygidas Zeit doch nur ein Wirrkopf gewesen war?

Da wurde, mitten in dieser Zeit der schlimmsten Rat- und Hoffnungslosigkeit, eines Frühsommertags der alte Schiffsbauer Aron verhaftet. Er hatte in abendlicher Runde zu laut darüber nachgedacht, was die Insulaner den Göttern wohl angetan hätten, dass sie so wenig Einsehen mit ihnen zeigten. Zehn Jahre Arbeit in den Bergwerken, lautete Yaffars Antwort auf diese hilflose Frage; eine Strafe, die der längst nicht mehr gesunde Aron

nicht überleben würde, wie jeder wusste. Nun hatte der alte Witwer aber eine junge Tochter namens Jitka. Die lief gleich am nächsten Morgen zur Burg und fiel vor dem Siegelbewahrer auf die Knie, als der, Hofschranzen, Diener und Büttel im Gefolge, zur täglichen Falkenjagd ausritt.

Der Schwarzbart auf seinem Rappen sah, dass das Mädchen sehr hübsch war, ließ es berichten und rechnete sich aus, dass Aron nur ein kranker, alter Mann war, dessen Arbeitskraft bald versiegen, Jitkas Schönheit in den kommenden Jahren aber gänzlich zur Reife kommen würde. So konnte ihm eine Entscheidung nicht schwer fallen. »Da du so brav für deinen dummen alten Vater bittest, will ich ihm seine Schuld vergeben«, streichelte er das Mädchen mit Worten. »Und weil du so tapfer für ihn eingetreten bist, will ich auch dich belohnen, indem ich dich noch heute zur Frau nehme.«

Vor Entsetzen wich Jitka alles Blut aus dem Kopf. Sie – eine von Yaffars vielen Frauen, die ihm immer wieder Kinder gebären mussten und niemals im Leben mehr über Feld oder Marktplatz streifen durften? Eine solche Belohnung erschien ihr schlimmer als ein Todesurteil.

Der Tyrann bemerkte, dass er Jitka mit diesen Worten den Dolch ins Herz gestoßen hatte, und begehrte sie sogleich noch heftiger. Es gab so viele junge Mädchen, die davon träumten, sich von morgens bis abends in kostbarste Gewänder hüllen zu lassen und ansonsten nie wieder eine Hand rühren zu müssen; davon ernährte er genug, die langweilten ihn, die wollte er nicht mehr. »Falls du aber nicht meine Frau werden willst«, verkündete er Jitka so leise, dass die ihn umringenden Hofschranzen die Ohren spitzen mussten, um alles mitzubekommen, »lade ich dich bei mir zu Gast, bis du erkannt hast, was für ein liebenswerter Mensch ich in Wahrheit bin. Gleich darauf werden wir Hochzeit halten und deinen Vater zu Tisch bitten.«

Eine Handbewegung, und sofort nahmen zwei

Büttel Jitka in ihre Mitte und führten die sich verzweifelt Wehrende in den Burghof, während Yaffars bunte Schar froh gelaunt in die nahe gelegenen Wiesen und Wälder preschte.

Eine Handbewegung wie so viele zuvor. Ein Mädchenschicksal wie so viele zuvor? Vielleicht doch nicht! Denn da gab es nicht weit vom Großen Hafen, in der Gasse der Handwerker, einen jungen Burschen, der um das Mädchen zitterte, wie Jitka um ihren Vater bangte, und von dem es hieß, dass er ein wahrer Heißsporn sei; einer, der erst handelte und dann nachdachte; einer, für den Furcht nichts weiter war als ein Kitzel im Bauch, ein Schlucken im Hals, eine Gänsehaut auf dem Rücken. Er hieß Murtlar.

Schon als Kinder hatten Jitka und Murtlar miteinander gespielt. Immer hatte der große Junge das ein wenig jüngere, mutterlose Mädchen beschützt, immer war er um sie gewesen. Die Nachbarn hatten früh gespottet, dass aus den beiden mal ein Paar würde, und hatten Recht behalten: Wie die Kletten hingen der junge Bursche und das lebenslustige Mädchen aneinander. War Murtlar in der Nähe, war auch Jitka nicht weit; begegnete man Jitka, tauchte nach kurzer Zeit auch Murtlar auf.

Als Jitkas Vater von Yaffars Schergen abgeführt wurde, hatte der junge Hitzkopf seinen zukünftigen Schwiegervater sogleich im kühnen Handstreich befreien wollen. Meister Rass, bei dem Murtlar das Handwerk des Glockengießens erlernt hatte und der seinen ungestümen Gesellen kannte, hatte ihn in der Werkstatt einsperren und auch noch die Fenster bewachen müssen. Dann aber war Jitka aus Furcht, der Liebste könnte irgendeine Tollkühnheit begehen, ohne ihn zum Siegelbewahrer geeilt und Murtlar hatte keine Sekunde Ruhe gehabt. Immer wieder war er ans Fenster gelaufen, um hinauszuschauen, immer wieder hatte Meister Rass ihn an die Arbeit zurückrufen müssen.

Als es jedoch Abend wurde und Jitka immer noch nicht zurückgekehrt war, hielt Murtlar nichts mehr.

Ohne auf die mahnenden Worte seiner Eltern zu hören, lief er zu Elwar und Hadam, seinen beiden besten Freunden von Kindheit an, und bat sie, ihn vor die Burg zu begleiten. Und die beiden jungen Männer – Elwar, der Schmiedegeselle, lang, hager und schweigsam; Hadam, der Schuhmacher, klein, dick und redselig – zogen mit dem Freund durch den Frühsommerabend bis vor die Burg und erfuhren von den Wachen, was sich am Morgen dort abgespielt hatte.

Erst wurde Murtlar kreidebleich, dann schwoll sein Kopf an, und voller Empörung wollte er sich an den Ketten der Zugbrücke hochhangeln, um trotz all der Wachen vor dem Tor und auf den Zinnen bis zum Siegelbewahrer vorzudringen. Die beiden Freunde mussten all ihre Kräfte und Hadam seine ganze Wortgewalt aufbringen, um den vor Zorn Besinnungslosen daran zu hindern, sich kopfüber ins Unglück zu stürzen. Als der junge Glockengießer endlich von seinem Vorhaben abließ, brachten sie ihn in die Schreinerwerkstatt seines Vaters und saßen dort bis weit nach Mitternacht mit seinen betrübten Eltern und Geschwistern zusammen. Allen tat der niedergeschlagene junge Mann Leid, einen Rat, was nun zu tun sei, konnte ihm jedoch niemand geben.

Nun gehörte zu Murtlars Familie auch eine Greisin namens Kaara, eine entfernte Verwandte von Murtlars Mutter. Von Kaara hieß es, sie habe das zweite Gesicht, könne also weissagen, wenn sie nur wolle. An jenem Abend allerdings schwieg die Alte, hörte sich die ganze Geschichte nur an, nickte bedeutungsschwer und knackte mit den Fingerknöcheln. Tags darauf jedoch brachte sie

Murtlar in der Mittagspause seine Suppe, sah ihm beim Löffeln zu und sagte schließlich mit leiser Stimme: »Wer den ersten Schritt nicht tut, kann beim zweiten nicht ins Stolpern geraten. Er kommt aber auch nicht voran.«

Überrascht ließ Murtlar den Löffel sinken. »Hast du ein Gesicht gehabt?«

Kaara blickte sich nach rechts um, nach links und guckte hinter sich. »Du hast auf einem weißen Ross gesessen und trugst eine Rüstung, die wie Gold glänzte, doch kein Gold war. Zu deinen Füßen aber kniete Yaffar. Du hast ihm das Leben geschenkt.«

Was sollte das denn bedeuten? Er – dem Siegelbewahrer das Leben geschenkt? Und von welchem ersten Schritt redete die Alte?

Kaara aber nickte nur still und fügte mahnend hinzu: »Wer dich mag, wird dich warnen. Doch bedenke: Wer so lange auf Gold gewartet hat, ist auch mit Messing zufrieden.«

Den ganzen Nachmittag über musste Murtlar an diese Weissagung denken. Als er endlich glaubte, hinter ihren Sinn gekommen zu sein, wollte er mit Meister Rass alles bereden. Bei dem aber war gerade Turan, der Rüstungsschmied, mit seinem Gesellen Elwar zu Besuch.

Da schilderte Murtlar den drei Männern Kaaras Gesicht und verriet ihnen seine Schlussfolgerung, dass er, Murtlar, der Glockengießer, als goldener Ritter vor Yaffars Burg reiten sollte, um den Tyrannen zu stürzen und die Geliebte zu befreien. Und da er kein Gold besaß, musste seine Rüstung eben aus Messing sein – wie die Schiffsglocken aus Meister Rass' Werkstatt es waren.

Turan war ein noch junger Mann, der einen älteren Bruder in Yaffars Bergwerken hatte. Da er sehr klug war, erkannte er sofort, wie verwegen diese Weissagung war. Andererseits war dieser erste kein unmöglicher Schritt. Wer niemals Schmuck oder Münzen aus echtem Gold besessen hatte, wie sollte der vergleichen können? Und würde nicht ohnehin jeder nur sehen, was er sehen wollte? Vor allem aber: Würden auf diese Weise neben Jitka und deren Vater nicht auch sein Bruder und das gesamte Inselvolk freikommen?

Ohne lange zu zögern, versprach der junge

Meister, Murtlar eine entsprechende Rüstung zu schmieden. Allerdings nicht aus Messing, sondern aus allerbestem Eisen, damit der junge Glockengießer, falls es zum Kampf kam, geschützt war. Denn so, wie eine Rüstung aus purem Gold nicht geeignet war, Hieben und Stichen standzuhalten, war es auch eine aus Messing nicht. Um den notwendigen Glanz zu erzielen, reichte es, wenn Murtlar jedes einzelne Teil in glühend flüssiges Schiffsglockenmessing tauchte und später glatt polierte, bis er sich drin spiegeln konnte.

Meister Rass war nicht so leicht zu begeistern. »Und was ist mit dem zweiten Schritt, wenn dies nur der erste ist?«, fragte er besorgt.

»Der soll uns später Sorgen machen!« Murtlar wollte sich die einzige Hoffnung, seine Jitka zurückzubekommen, nicht nehmen lassen. Und so wusste er auch auf seines Meisters Frage, woher denn er, ein Glockengießergesell, einen Schimmel weiß wie Schnee bekommen wollte, schon eine Antwort. Nur verraten wollte er sie noch nicht. Erst musste das Ei gelegt werden, dann durfte die Henne gackern.

Jitka saß den ersten Tag und die erste Nacht am Fenster des Turmzimmers, in das Yaffars Schergen sie gesperrt hatten, sie saß den zweiten Tag und die zweite Nacht an dem einzigen Platz, der ihrem Blick eine Flucht aus dem Gefängnis bot. Morgens, mittags und abends tischte ihr eine ältliche Kammerzofe die verschiedensten Köstlichkeiten auf; das Mädchen rührte nichts davon an. Jeden Nachmittag kam eine junge Zofe, die ihr die schönsten Kleider aufs Bett legte; Jitka schlüpfte in keines hinein.

Die Zofen hatten den Auftrag, vom vergnüglichen Leben auf der Burg, von lustigen Musikanten, galanten Tänzern und scharfzüngigen Narren zu schwärmen, um Jitkas Starrköpfigkeit zu brechen. Jitka ließ sie in die Luft hinein trillieren und blickte nur still zu den Bergen hin, in deren Gruben sie ihren Vater wusste. Oder sie träumte sich in die Gasse der Handwerker, zu Murtlar und all ihren anderen Freunden und Freundinnen. Bis am siebten Abend Yaffar selbst kam. Hoch, breit und wuchtig stand er in der Tür, den Diener, der den Schlüssel verwahrte, hieß er hinter sich abschließen.

Das mutige Mädchen hatte diesen Besuch bereits erwartet. Gleich setzte sie sich, die Beine nach außen geschwungen, ins Fenster; bereit, sich jeden Augenblick in den Burghof hinabzustürzen, sollte der Tyrann auch nur eine Hand nach ihr ausstrecken.

Eine Weile sah Yaffar seine störrische Gefangene nur finster an, dann warnte er sie davor, sich ihm auf diese Weise zu entziehen, indem er sie an die Werkzeuge in seiner Folterkammer erinnerte: »Es gibt schlimmere Torturen, als nur fleißig arbeiten zu müssen. Willst du deinen armen, kranken Vater denn tatsächlich so leiden lassen?«

Da wurde es Jitka kalt im Herzen. Diese schlimme Folge ihrer Weigerung, dem Tyrannen zu Willen zu sein, hatte sie nicht bedacht.

Vorsichtig machte der Siegelbewahrer einen Schritt nach vorn, und das arme, verwirrte Mädchen, das an seinen Vater denken musste und nicht wusste, ob es noch springen durfte oder nicht, machte sich darauf gefasst, jeden Augenblick in den Turm zurückgerissen zu werden. Mitten hinein in ihre Angst aber ertönte plötzlich lauter Jubel vor der Burg. Verdutzt starrte Yaffar zum Fenster hinaus: Was war denn das für eine riesige Menschenmenge, die sich dem Burgtor näherte? Und wieso lachte, tanzte und sprang das dumme Volk, als hätte er zur Hochzeit oder Kindtaufe

geladen? Und jener auf dem weißen Ross, der vor diesem Menschenzug herritt, weshalb trug er keine eiserne, sondern eine in der Sonne goldglänzende Rüstung? Und was sollte der prächtige Federbusch an seinem Helm? Wer außer dem Siegelbewahrer hatte das Recht, sich dermaßen zu schmücken?

Auch Yaffar wusste von der Prophezeiung des Alten aus Brygidas Zeit, doch hatte er auf das Geschwätz des Volkes nie viel gegeben: Wer keine Hoffnung hatte, erfand sich eben eine! Nun aber dieser Ritter vor seiner Burg. Und dazu die vielen Menschen. Zwar waren sie unbewaffnet, ihre Vielzahl jedoch machte sie gefährlich.

Und Jitka? Natürlich wandte auch sie keinen Blick von jenem Ritter in der goldenen Rüstung. War er gekommen, sie zu befreien? War sie den Göttern so wichtig, dass ihre Not sie milde gestimmt hatte? Wenn dem so war, war in allerletzter Sekunde ein Wunder geschehen, und dann wollte sie die Herren der Berge bis an ihr Lebensende preisen. Schade nur, dass sie unter all den Sängern, Jublern und Tänzern nicht ihren Murtlar entdecken konnte. Wie schön wäre es gewesen, ihm als Allerersten in die Arme zu stürzen!

Kein Blitz und kein Donner waren auf Murtlar niedergegangen, als er in die messingne Rüstung stieg. Meister Rass, der einen solchen Zorn der Götter befürchtet hatte, durfte aufatmen. Und als danach der junge Glockengießer auf seinem weißen Ross durch die Gasse der Handwerker ritt und dem erstaunt gaffenden Volk mit erhobenem Schwert den Weg zur Burg wies, dauerte es nicht lange und die Ersten hatten erkannt, wer da endlich gekommen war. Bald griff die Freude auf jeden Einzelnen über, und alles, was schon oder noch laufen konnte, kam aus den Hütten und Häusern und jubelte dem Ritter in der golden glänzenden Rüstung voll Begeisterung zu. Es war, wie Meister Turan vorausgesagt hatte: Sogar die unentwegtesten Zweifler und Possenreißer sahen nur, was ihre Herzen sich wünschten.

Bleibt die Frage, wo Murtlar jenen prächtigen Schimmel herhatte, der seinem Ritt so viel Glanz verlieh. Er hatte ihn, der Wahrheit die Ehre, zuerst gestohlen und dann geliehen bekommen. Von dem Einzigen weit und breit, der ein so edles Tier sein Eigen nennen konnte: dem auf der ganzen Insel berühmten und besonders von Frauen verehrten Minnesänger Don Don von der Eberesche. Vom tief hängenden Ast einer riesigen Trauerweide hatte sich der junge Glockengießer auf den einsamen Reiter fallen lassen und als Folge dieser dreisten Tat nicht mal Gegenwehr befürchten müssen, denn Don Dons einzige Waffen waren der liebliche Klang seiner Laute und der betörende Schmelz seiner Stimme. Das schneeweiße Ross aber hatte ihm einst eine hohe Dame geschenkt, der er viele Jahre treu gedient und mit seinen Gesängen das Leben verschönt hatte.

Wer so der wahren Minne huldigte, hatte Murtlar sich gesagt, musste Verständnis für seinen Wunsch haben, Yaffar zu stürzen und nicht nur das geliebte Mädchen, sondern auch die Gefangenen der Bergwerke zu befreien.

Und richtig, kaum hatte er dem alten Minnesänger, auf dessen Brust kniend, sein Vorhaben gestanden, war der von diesem kühnen Plan so angetan, dass er Murtlar den Überfall nicht nur verzieh, sondern ihm bereitwillig den treuen Gefährten lieh. Verbunden allerdings mit der Bitte, dieses Geschenk der Liebe stets fürsorglich zu behandeln. Ein fester Handschlag, ein ernster Blick aus grauen Augen, dann ritt der junge Glockengießer auf dem Schimmel des Sängers davon.

Und nun saß er wieder auf dem stolzen Tier und trug die Rüstung, die Meister Turan mit Elwars Hilfe geschmiedet hatte. Und das Burgtor, erst so fern, rückte näher und näher und war schließlich erreicht. Doch würde Yaffar auf diese Maskerade hereinfallen – oder sofort all seine Ritter, Schergen und Büttel auf ihn hetzen? Die Insulaner hatten so viel Zutrauen zu ihrem Erlöser, dass sie sich nicht einmal bewaffnet hatten. Keine einzige Axt, kein Hammer, keine Sense, keine Sichel, kein Dreschflegel war zu sehen. Alle waren sie zutiefst überzeugt davon, dass Yaffar einem Abgesandten der Götter willig das Burgtor zu öffnen hatte. Ergab der Siegelbewahrer sich aber nicht, war er es, Murtlar, der jedes einzelne Menschenleben verantworten musste.

»Gehören Yaffars Mannen denn nicht eigentlich zu uns?«, flüsterte der sonst so ungestüme Bursche Meister Turan durchs geschlossene Visier hindurch zu. »Vielleicht raubt er ja schon morgen einem von ihnen die Braut, vielleicht steckt er noch heute einen ihrer Väter in die Bergwerke. Warum verteidigen sie so einen?«

»Sie müssen leben«, antwortete der Rüstungsschmied genauso leise. »Wenn wir ihnen die Möglichkeit bieten, auf andere Art ein Auskommen zu finden, werden sie es uns vielleicht danken.«

»Nun denn!« Murtlar holte tief Luft. »Hoffen

wir, dass wir tatsächlich nichts als Dankbarkeit ernten.« Und beherzt ritt er noch näher an die Burg heran, bis niemand mehr vor ihm war, der sein Gesicht sehen konnte, klappte das Visier hoch und rief mit verstellter Stimme jene Worte, die er sich lange zuvor zurechtgelegt hatte: »Öffnet das Tor für den von den Göttern gesandten Erlöser! Öffnet eure Herzen der Botschaft des goldenen Ritters!« Gleich darauf klappte er das Visier wieder herunter und wartete bang.

Lange, viel zu lange für Murtlar, blieb alles still. Dann ertönte auf dem vordersten der Türme erster, zaghafter Jubel. Gleich darauf griff das Freudengeschrei auf die anderen Türme und Zinnen über, wurde lauter und lauter und von denen, die vor dem Tor standen, mit genauso lautem Beifall begrüßt.

Aus vielen Burgfenstern aber blickten bleiche Gesichter auf die Menschenmenge herab. Sollte es ihn denn wirklich geben, jenen Ritter, von dem die Mär ging, dass er die Herrschaft der Siegelbewahrer beenden und damit das Oberste zuunterst und das Unterste zuoberst kehren wollte? Wenn ja, wie furchtbar für sie, die sie seit Jahrhunderten davon lebten, dem jeweils regierenden Siegelbewahrer willig zu folgen! Und wollten ihre Knappen,

Büttel und Diener sie denn nicht gegen das nicht einmal bewaffnete Volk verteidigen? Und Yaffar? Weshalb unternahm er nichts gegen den Pöbel vor seiner Burg? Er besaß doch das goldene Siegel. Wie durfte da ein anderer Gefolgschaft verlangen, auch wenn seine Rüstung noch so schön im Abendsonnenschein glänzte?

Den Schwarzbart im Fenster des Turmzimmers, in dem er Jitka gefangen hielt, bewegten ähnliche Gedanken. Doch war der Siegelbewahrer klüger als seine Gefolgsleute und wusste gleich, dass keiner seiner Männer, der nicht selbst Verbrechen begangen und Strafe oder Rache zu fürchten hatte, für die Verteidigung der Macht seines Herrn einen Finger rühren würde. Vor allem deshalb nicht, da bereits eine andere, wie es schien, höhere Macht Dienst und Gefolgschaft verlangte. Und

hatte es denn einen Sinn, lange darüber nachzudenken, ob jener, der da so steif auf seinem Schimmel saß, tatsächlich der von den Göttern gesandte goldene Ritter war oder sich vor der Burg nur ein teuflischer Mummenschanz abspielte, angezettelt von Neidern, die ihn um seine Macht bringen wollten? Solange das Volk an den Götterboten glaubte, war er es! Deshalb war es das Klügste, freundliche Miene zu machen und um das einzige Leben zu bitten, das man besaß.

Zu dieser Einsicht gelangt, pochte Yaffar schon an die Tür, nahm Jitka an die Hand und befahl all seinen Frauen und Kindern, Rittern und Höflingen, Richtern und Scharfrichtern, ihm zu folgen. Und so drängte sich bald alles um den ehemaligen Herrscher, der nur noch rasch in einige Schubladen griff, und stürzte hinter ihm in den Burghof hinab. Dort ritt gerade der goldene Ritter durchs Burgtor. Sofort fiel Yaffar auf die Knie und bat mit inbrünstiger Stimme, nicht ihn, wohl aber die Frauen und Kinder und alle seine Getreuen zu verschonen. Denn wenn sie gefehlt hätten, dann nur seinetwegen; und wenn er gefehlt habe, dann nur, weil er es nicht besser wusste.

Als er jedoch über seine flehend erhobenen Hände zu jenem Ritter mit dem prächtigen Feder-

busch am Helm hochschielte, erkannte Yaffar sofort, dass er nicht vor Gold, sondern nur vor Messing kniete. Der Anblick echten Goldes war ihm schließlich von Kindesbeinen an vertraut. Doch blieb er auf den Knien. Wäre er aufgesprungen, um dem Volk, das nun ebenfalls in den Burghof geströmt war, die Wahrheit zu verkünden, wer hätte ihm geglaubt? Und hätten die enttäuschten Menschen ihren schlimmen Unmut dann nicht auch an ihm ausgelassen?

Murtlar auf seinem Ross hörte den gestürzten Tyrannen wohl an, Augen aber hatte er nur für seine Jitka, die, blass und abgezehrt vom sieben Tage währenden Hunger, zwischen all den anderen stand und neugierig zu ihm hochsah. Ach, wie gern hätte er jetzt sein Visier geöffnet, um der Geliebten, der so übel mitgespielt worden war, sogleich zu enthüllen, wer da als ihr Befreier gekommen war. Doch natürlich durfte er das nicht, und es wäre auch gar keine Zeit dafür geblieben, denn kaum hatte Yaffar seine Rede beendet, drängten einige von ihm besonders Gedemütigte schon vor, um dem Knienden den Strick um den Hals zu legen.

»Haltet ein!«, schrie der goldene Ritter da zutiefst erschrocken. »Die Götter haben befohlen, dass niemandem ein Leid geschieht.«

Der junge Glockengießer in der messingnen Rüstung musste gar nicht erst an Kaaras Weissagung denken, um für Yaffar einzutreten. Jede Gewalt, so hatten seine Eltern es ihn gelehrt, beschwor neue herauf. Der goldene Ritter aber hatte Frieden zu bringen, davon war er überzeugt. Da er jedoch, als er um Einhalt bat, vor Erregung, Angst und Sorge ganz vergessen hatte, seine Stimme zu verstellen, erkannte Jitka voll Erstaunen, dass in der goldenen Rüstung ihr Liebster steckte und niemand sonst. Und ihrem Murtlar zu widersprechen, war sie geübt. Also forderte sie mit heller Stimme, dass einer, der so viel Schuld auf sich geladen hatte wie Yaffar, zwar nicht ums Leben gebracht werden, aber auch nicht ohne Strafe davonkommen dürfe. Und noch bevor ihr Retter irgendetwas dazu sagen konnte, schlug sie schon vor, den gestürzten Tyrannen aufs Festland hinü-

berzuschaffen. Sollten die Menschen dort, die er und seine Vorfahren so oft mit Kriegen überzogen hatten, ihm den gebührenden Dank für all die schlimmen Besuche abstatten.

Die Umstehenden wunderten sich darüber, mit welcher Dreistigkeit dieses junge Mädchen Forderungen an den goldenen Ritter stellte, mit dem Inhalt ihrer Worte aber waren sie einverstanden. So nickte denn schließlich auch Murtlar, und noch am selben Tag wurden Schiffe bemannt, die Yaffar und alle, die sich ihm zugehörig fühlten, aufs Festland hinüberbrachten. Und selbstverständlich stand niemand am Kai, um eine Träne zu vergießen oder Glück zu wünschen.

Der Tyrann war gestürzt, die Geliebte befreit, und es hatten sich auch schon die ersten Insulaner aufgemacht, den Gefangenen in den Bergwerken die frohe Nachricht vom Ende ihrer Fronarbeit zu bringen. Was blieb dem jungen Glockengießer da noch anderes zu tun, als aus seiner Rüstung zu steigen, die Liebste auf Don Dons Schimmel zu setzen und gemeinsam mit ihr ihrem Vater entgegenzureiten? Der tapfere junge Mann hatte den Helm mit dem bunten Federbusch schon abgenommen, da kam Meister Turan zutiefst erschrocken auf ihn zugelaufen und stülpte ihm das schwere Gefäß wieder über.

»Glaubst du etwa, die Arbeit ist schon getan? Willst du Unglück über all jene bringen, die dir vertraut haben? Wir sind es nicht gewöhnt, uns selbst zu regieren. Wo keine feste Hand mehr ist, wird bald Mord und Totschlag herrschen.«

Aber wer sollte sie denn haben, diese feste Hand – doch nicht etwa er, Murtlar?

Genau das war Meister Turans Plan. Und auch Meister Rass sah keinen anderen Weg. Auf wen anders würden die Menschen fortan hören als auf den von den Göttern gesandten Ritter? Oder sollte etwa jeden Tag ein anderer in die Rüstung steigen? Um klugen Rat aber musste Murtlar sich nicht sorgen, wozu hatte er denn sie, seine beiden Meister?

Der junge Glockengießer fügte sich nur unlustig. Und auf keinen Fall wollte er den schweren Helm länger als ein paar Wochen tragen. Schließlich war er Glockengießer und liebte seine Arbeit, und die hochmütigen Ritter hatte er nie gemocht. Hätte seine Jitka nicht hoch und heilig versprochen, ihm auf der Burg Gesellschaft zu leisten, er hätte diese Rolle trotz aller guten Reden seiner Meister nicht weitergespielt. So aber lief die Liebste erst einmal ihrem Vater entgegen, brachte den kranken, alten Mann mit auf die Burg und teilte danach all ihre Zeit zwischen dem Vater und dem Geliebten auf. Mal pflegte sie den in jener kurzen Zeit in Yaffars Bergwerken schon sehr schwächlich gewordenen Alten, mal hockte sie neben dem jungen Mann und machte ihm Mut.

Und Mut brauchten sie, der opferbereite Glockengießergesell und seine beiden Räte. Die Befreiung der Gefangenen war das eine, sich um die Kranken und Schwachen unter ihnen zu kümmern das andere. Die beim Volk verhassten Steuern aufs Allernotwendigste zu senken war eine schnell erhobene Forderung; das Allernotwendigste zu erkennen erforderte viel Augenmaß. Alte Gesetze abzuschaffen kostete nur ein paar Federstriche; neue und möglichst gerechte zu schaffen war ohne viele Tage und Wochen des Nachdenkens, Abwägens und Überprüfens nicht möglich. Sinnlose Verbote aufzuheben machte Spaß; welche Verbote aber waren sinnvoll, obwohl ein Tyrann sie erlassen hatte?

Bei so viel Arbeit und Mühe verging die Zeit, als wäre alles nur ein Spuk. Und wenn Murtlar auch erkannte, wie notwendig jene Neuerungen waren, so fand er doch keine rechte Freude am Regieren, da er bald merkte, dass er längst nicht klug genug war für diese Art Kopfwerk. Bald überließ er die Amtsgeschäfte seinen beiden Meistern und sehnte sich immer heftiger in die Glockengießerei zurück.

Die Insulaner wussten nichts von den Nöten ihres neuen Herrn und freuten sich, immer geringere Steuern zahlen und nur noch ganz wenigen, unabdingbaren Geboten folgen zu müssen. Aus Dankbarkeit wollten einige Übereifrige dem goldenen Ritter sogar ein Denkmal setzen. Das aber wurde vom Ritter und seinen beiden Räten mit aller Entschiedenheit abgelehnt. Lebenden Personen – egal, ob von den Göttern gesandt oder nicht – sollte zukünftig weder zu viel Achtung noch übertriebene Ehrerbietung entgegengebracht werden. Dafür durfte alles und jedes in Frage gestellt, beredet und notfalls geändert werden.

Manch Strenggläubigem gefiel diese Bescheidenheit nicht. Da er schon an den goldenen Ritter geglaubt hatte, als die Zweifler und Spötter noch über ihn lachten, fühlte er sich als Prophet und Wegbereiter und verlangte, Anteil zu haben am Glanz des neuen Herrschers. Doch wenn der jegliche Sonne mied, woran sollten seine Propheten sich Hände, Herz und Eitelkeit wärmen?

Andere wünschten, dass ihr neuer Herr die Pro-

phezeiung des Alten aus Brygidas Tagen bis in die letzte Einzelheit erfüllte. Dazu gehörte, dass er sein Visier hochklappte, um zu beweisen, dass er tatsächlich kein Gesicht hatte, und dass er das goldene Siegel ins Meer warf – alles in sehr feierlicher Handlung; eine Zeremonie, die als frohes Spiel einmal jedes Jahr am gleichen Tag unter Leitung seiner frömmsten Anhänger wiederholt werden sollte.

Murtlars beide Räte wiesen auch diese Forderungen zurück. Seine Gesichtslosigkeit müsse der goldene Ritter niemandem beweisen, die Götter wüssten schließlich, wen sie geschickt hätten. Das goldene Siegel aber sei, so sehr auch danach gesucht werde, noch nicht gefunden worden.

Viele Strenggläubige machte diese Auskunft misstrauisch. Sofort begannen sie, nach Haaren in jener neuen, vom goldenen Ritter und seinen Räten angerichteten Suppe zu suchen. Fanden sie welche, meinten sie, armdicke Stricke zu sehen; fanden sie keine, rührten sie mit ihren langen Löffeln so lange darin herum, bis vom eigenen Kopf welche hineingefallen waren.

Über all diesem Neuen im Leben der Insulaner wurde es Sommer. Oft schwitzte Murtlar unter der Rüstung, die er nur nachts ablegen durfte, noch öfter langweilte er sich als messingne Schachfigur seiner beiden Meister. Waren die paar Wochen, die er ihnen zugestanden hatte, denn nicht längst um? Wann wollten sie den Menschen auf der Insel endlich die Wahrheit verkünden?

Lange wichen die beiden Meister jeder eindeutigen Antwort aus, bis Meister Turan schließlich zugab, dass ein solches Bekenntnis noch für lange Zeit eine viel zu große Gefahr bedeutete. Wussten sie denn, wie die enttäuschten Insulaner, trotz all der Besserungen in ihrem Leben, auf eine solche Beichte reagieren würden?

Worte, die den jungen Burschen erbleichen ließen. Hieß das etwa, er durfte seine Jitka erst heiraten, wenn sie eine alte Frau und er ein alter Mann war? Sollte er bis ans Ende seines Lebens alles opfern, was Spaß machte?

Er wollte schon aufbegehren und die verhasste Rüstung ein für alle Mal von sich werfen, als laut polternd eine seiner Schildwachen in den Raum gestürzt kam und eine seltsame Reiterschar ankündigte. Vorneweg reite einer in goldener Rüstung mit einem in allen Farben des Regenbogens glän-

zenden Federbusch auf dem Helm, gefolgt von mehreren Dutzend weißen Rittern mit grünen Federbüschen und goldenen Sternen auf ihren weißen Schilden. Dahinter genauso viele grüngolden gewandete Knappen.

Ein Ritter in goldener Rüstung? Das konnte nur der wahre goldene Ritter sein, der endlich gekommen war, sein Amt anzutreten. Laut jubelnd und so schnell es seine Rüstung erlaubte, lief und sprang Murtlar in den Burghof hinunter. Bevor er aber den Wachen befehlen konnte, das Tor zu öffnen, hatte Jitka ihn eingeholt. »Wollen wir nicht lieber fortlaufen?«, flüsterte sie dem Liebsten zu. »Der echte Ritter wird dir zürnen, dass du dich für ihn ausgegeben hast.«

Da musste der junge Glockengießer nicht lange nachdenken, um zu widersprechen: »Wenn er der wahre goldene Ritter ist, wird er sich bei meinen beiden Meistern und mir bedanken, dass wir die Insel in seinem Sinne verwaltet haben. Bestraft er uns, ist er ein noch schlimmerer Betrüger als ich.« Und damit gab er den Befehl. Die Wachen öffneten das Tor, und der goldene Ritter, gefolgt von seinen Rittern und deren Knappen, ritt in den Hof.

Sofort erkannten alle Wachen, aber auch Murtlar, Jitka und die beiden Meister, die inzwischen ebenfalls im Burghof angelangt waren, dass jener Neuankömmling tatsächlich der wahre goldene Ritter sein musste. Seine Rüstung strahlte viel heller als Murtlars, sein Helmbusch war noch farbenprächtiger, der Schimmel noch weißer.

Dankbar und erleichtert fiel Murtlar vor seinem Nachfolger auf die Knie und wollte gerade heraussprudeln, wie froh er über dessen Ankunft war, als er erstaunt bemerkte, wie drohend jener Ritter das Schwert hielt. Augenblicklich sprang er wieder auf und fragte streng nach dem Begehr.

Da war aber schon viel Volk in den Burghof geströmt, um voller Spannung das Duell der beiden goldenen Ritter mitzuverfolgen. Der Ritter auf dem Schimmel bemerkte es, senkte sein Schwert und begann mit sanfter Stimme zu sprechen: »Ich reise im Auftrag der Götter. Es gibt viel Übles in der Welt. So bin ich gekommen, das goldene Siegel ins Meer zu werfen und euch von allen falschen Herrschern zu erlösen.«

Murtlar hätte sich freuen müssen. Endlich konnte er seine Rüstung in hohem Bogen von sich schleudern, endlich durfte er wieder Glocken gießen und davon träumen, bald seine Jitka zu heiraten. So aber, wie dieser goldene Ritter auf dem Schimmel saß und durchs geschlossene Visier auf ihn und seine beiden Meister herabblickte, konnte Murtlar sich nicht freuen. Wer sagte ihm denn, dass jener Ritter tatsächlich der rechte war? »Und wer bin ich, wenn Ihr der goldene Ritter seid?«, fragte er vorsichtig.

»Ein Großmaul und falscher Apostel!«, rief da der Ritter auf dem Schimmel laut, gab seinem Ross die Sporen, hob erneut das Schwert und fuhr, noch ehe Murtlar zurückweichen konnte, mit der Klinge einmal quer über dessen Rüstung. Unter dem Messing kam das blanke Eisen zum Vorschein und Murtlar erbleichte. Gleich darauf erhob sich im Volk überraschtes Gemurmel und dann waren auch schon die ersten empörten Rufe zu hören: »Die Rüstung ist nicht echt!« – »Ein Betrüger hat uns regiert!«

»Ja«, gab Murtlar zu, froh, sich nicht mehr für einen anderen ausgeben zu müssen. Und stolz nahm er den Helm ab, um allen zu erklären, wer er wirklich war und weshalb er diese Rolle gespielt hatte. Danach wandte er sich wieder dem goldenen Ritter zu. »Der also bin ich! Jetzt zeigt uns Euer Gesicht.« Und er glaubte, nun würde der Ritter Ausflüchte ersinnen, da ein solcher Rachegott doch niemals ein Erlöser sein konnte. Der auf dem Schimmel aber schien nur auf diese Aufforderung gewartet zu haben. Gleich klappte er sein Visier hoch – und alle fuhren entsetzt zurück: Dieser Ritter hatte tatsächlich kein Gesicht, allein weißer Nebel stieg in seinem Helm auf.

Verwirrt senkte Murtlar den Kopf. So war jener Geist trotz seines kriegerischen Auftretens der wahre goldene Ritter? Dann war es allein seine Schuld, dass er geglaubt hatte, wer von den Göttern kam, müsse mild und freundlich sein. »Ich kann Euch das goldene Siegel nicht geben, edler Ritter«, gestand er traurig. »Es hat sich einfach nicht finden lassen, so viel wir auch gesucht haben.«

Wieder erhob sich Gemurmel im Volk, dann rief plötzlich einer laut: »Vielleicht hat Murtlar das goldene Siegel ja gestohlen! Und vieles andere mehr. Er wird nicht umsonst in der Burg den hohen Herrn gespielt haben.«

Sofort wollten Hadam und Elwar und auch Murtlars beide Meister lautstark für den jungen Glockengießer eintreten. Der hielt sie zurück. Er hatte längst erkannt, dass ein freieres Leben nicht unbedingt bessere Menschen schuf. Sollten die Neider gegen ihn hetzen, wenn es sie erleichterte; gegen so unberechtigte Vorwürfe verteidigte er sich nicht.

Dem goldenen Ritter war das alles noch nicht genug. »Ja, ihr seid einem Spitzbuben aufgesessen!«, rief er mit mächtiger Stimme. »Viel schlimmer, als dass er euch bestohlen hat und es sich auf eure Kosten gut gehen ließ, aber ist, dass er die Götter verleumdet hat. Wer vorgibt, von ihnen auserwählt zu sein, und in Wahrheit nur ein simpler Handwerksbursch ist, gehört mit dem Tode bestraft.«

Nun wurde das Durcheinander von lauten Worten und bestürzten Gesten noch heftiger und unter den Strenggläubigen wurde bereits laut Beifall geklatscht. Jitka, die bisher nur geschwiegen, beobachtet und nachgedacht hatte, erkannte, dass endlich gehandelt werden musste. »Achte nicht auf mein Geschwätz«, flüsterte sie Murtlar zu. »Lauf, so rasch du kannst, zu den Ställen, besteig dein Ross und flüchte in die Berge. Wir werden uns gewiss wiedersehen, denn so dumm, wie es manchmal scheint, sind die Menschen nicht.« Und damit stürzte sie auch schon vor, warf beide Arme in die Luft und schrie mit vor Glück und Hoffnung schriller Stimme: »Ja, nun ist er endlich gekommen, unser wahrhaft goldener Ritter! Friede wird anbrechen und alle Zeiten überdauern.«

Die überraschten Insulaner ließen sich von dem begeisterten Mädchen anstecken, warfen ebenfalls die Arme in die Luft und drängten mit verzückten Gesichtern auf den goldenen Ritter zu. Unauffällig drückte Murtlar sich aus der Menge, schlich sich in die Stallungen und preschte schon kurze Zeit später auf Don Dons Ross durchs offene Burgtor. Sofort setzten einige der weißen Ritter nach. Don Dons Schimmel aber raste wie der Sturmwind auf die Berge zu. Niemand konnte dem jungen Glockengießer folgen, geschweige denn ihn einholen.

Über Hügel und Berge hinweg, durch Wälder, Täler und Flüsse floh Murtlar. Erst als von seinen Verfolgern schon lange nichts mehr zu sehen war, stieg er vom Ross, tränkte es und labte sich selbst an dem frisch sprudelnden Bergquell. Danach haderte er lange mit seinem Schicksal. All jene, die ihn so rasch verdammt hatten, wie wenig kannten sie ihn – und wie wenig kannten sie sich selbst, sonst hätten sie sich nicht so böse aufwiegeln lassen.

Voller Gram ritt er weiter, immer tiefer ins Gebirge hinein. Wohin, war egal, nur weg von jenen, die ihn so verraten hatten. Als er bei Sonnenuntergang unweit eines kleinen, sehr klaren, von hohen

Bäumen umgebenen Sees eine Höhle entdeckte, die ihm als Unterschlupf geeignet schien, stieg er erneut ab, entledigte sich der Rüstung und all seiner Kleider und nahm ein erfrischendes Bad.

Die Nacht verbrachte er in der Höhle. Als die Sonne ihn weckte, fing er mit zwei Weidenruten und geflochtenen Gräsern, an deren Enden er kleine Käfer befestigte, ein paar Fische und garte sie über einem mit Ästen und Baumrinde angeriebenen Feuer, während der Schimmel friedlich graste.

Schmecken jedoch wollten die frischen Köstlichkeiten nicht. Immerzu musste der junge Glockengießer an seine Jitka denken, die ihm durch kluges Spiel nicht nur die Freiheit, sondern sicher auch das Leben bewahrt hatte. Er fragte sich, ob seine beiden Meister jenem Geist in der goldenen Rüstung Rede und Antwort stehen mussten, ob seine Freunde seinetwegen Schlimmes auszuhalten hatten und ob die Eltern und Geschwister sehr unter der Schmach litten. Sie hatten so lange nach ihrem verschollenen Sohn gesucht, denn nicht einmal der eigene Vater, die eigene Mutter hatten von seinem Rollenspiel etwas erfahren dürfen. Nun wussten sie alles und sicher wurden sie schwer geprüft.

Über diesen Gedanken und Fragen verging der erste Tag, der nächste und der übernächste. Die Sommerhitze ließ nach, dem spinnenfädigen Altweibersommer folgte der trübe Herbst, und in all der Zeit erblickte Murtlar keine Menschenseele; niemand, der ihn noch verfolgte, niemand aus der Gasse der Handwerker, der ihn suchte. Wenn er nicht fischte, schwamm oder Don Dons Ross versorgte, lag er im bunten Laub und spann selbst den einen oder anderen Faden, der ihn in eine schönere Vergangenheit oder bessere Zukunft führte.

Auf den Herbst folgte ein früher, strenger Winter. Dichter Schnee fiel, der See fror zu, die Kälte in der Höhle vertrieb den Schlaf. Mit dem Schwert hieb Murtlar Löcher ins Eis, um weiter fischen zu können, in der Höhle unterhielt er ein wärmendes Feuer. Dennoch packte ihn bald das Fieber. Er vermochte nicht mehr, an den See zu gehen oder Reisig zu sammeln; Hunger quälte ihn, das Feuer erlosch. Allein Don Dons Schimmel, selbst nur noch Haut und Knochen, spendete ihm fortan Wärme. Da dachte der junge Mann immer öfter voll Unmut an seine Jitka, die beiden Meister, die Eltern und Geschwister. Weshalb suchte niemand nach ihm, wenn sie ihn noch achteten? Hatten etwa auch sie sich auf die andere Seite geschlagen?

Eines Nachts, mitten im Hadern mit all denen, die er einst lieb gehabt hatte, fiel er in einen tiefen Traum und sah auf einmal einen weißbärtigen Alten im Eingang seiner Höhle stehen.

»Wer seid Ihr?«, fragte er verwundert, obwohl er die Antwort längst kannte.

Der Alte kam näher, hockte sich zu ihm und sah ihn lange an. Dann hob er den Finger und sagte ernst, aber nicht vorwurfsvoll: »Du bist nicht jener, den ich einst ankündigte. Der jetzige jedoch ist es auch nicht.«

»Aber er hat kein Gesicht!«, rief Murtlar. »Er ist in allem so, wie Ihr ihn prophezeit habt.«

»Er ist es nicht, das hat dein Herz dir längst verraten. Nun sollst du es ganz und gar wissen.«

Der Weißbart hatte Recht: Ob mit oder ohne Gesicht, der wahre goldene Ritter musste ein anderer sein. »Und wann wird er kommen, der wahrhafte Erlöser, der uns Frieden und Gerechtigkeit bringt?« Erst dann, das wusste Murtlar, würde er zu seinen Lieben heimkehren dürfen. Doch wie sollte er diesen Winter überleben? Durfte er denn hoffen, dass einer, der sich zuvor so viel Zeit gelassen hatte, sich nur seinetwegen auf einmal beeilte?

»Ich kann dir deine Fragen nicht beantworten.« Der Alte seufzte bekümmert. »Die Götter bemessen die Zeit anders als wir Menschen. Einzelne Schicksale zählen nicht.«

»Also können wir nichts tun als warten? Dürfen wir immer nur hoffen und, wenn wir Pech haben, von der Kindheit bis ins hohe Alter keinen einzigen Traum erfüllt bekommen?«

»Leben in schlechter Zeit bedeutet immer nur hoffen und harren. Das gefällt dir nicht und gefällt mir nicht, aber es ist nun mal die Wahrheit. Willst du dein Glück erzwingen, machst du dich nur unglücklich.«

Auch damit hatte der Weißbart Recht. Das wusste niemand besser als Murtlar. Was aber wäre passiert, hätte er Yaffars Sturz nicht erzwungen, sondern brav weiter auf den goldenen Ritter gesetzt? Jitka, Aron und all die anderen Gefangenen, die er durch seine Tat befreit hatte, was wäre dann aus ihnen geworden? »Wer seid Ihr, dass Ihr so sprechen dürft?«, fragte er den Alten, unzufrieden mit den Auskünften, die er erhalten hatte. »Habt Ihr keinen Namen, den wir verfluchen dürfen, bevor wir enttäuscht sterben?«

Nun lächelte der Alte, wie er unter dem Schwert gelächelt haben mochte. »Je mehr Geheimnisse du aufdeckst, desto mehr Fragen stellen sich dir. Vertraue mir einfach und folge meinem

Rat. Einen besseren wirst du nicht bekommen.« Er sprach diese Worte aber schon sehr leise, da er sich bereits wieder von Murtlar entfernt hatte.

Gleich darauf erwachte der junge Glockengießer so plötzlich, als hätte er weder geträumt noch geschlafen. Das Stampfen von Pferdehufen hatte ihn hochgerissen. Vor Schwäche taumelnd kroch er aus der Höhle, spähte ins Tal hinab und entdeckte in der Ferne zwei weiße Ritter, die auf hohen schwarzen Rössern über den zugefrorenen See kamen.

So also musste er die Worte des Alten verstehen: Vertraue mir nur, ich werde dir die Schergen schon auf den Hals hetzen! Für kurze Zeit ließ der Zorn neue Kräfte in Murtlar wachsen. Wenn er schon zu Tode kommen sollte, dann wollte er das ohne fremde Hilfe erledigen. Heftig riss er den Schimmel hoch, bestieg das müde Tier und trieb es erbarmungslos vorwärts, immer tiefer ins Gebirge hinein und damit auf immer höhere, felsenzerklüftete, eisbedeckte und schneeverwehte Berge hinauf.

Erst als er einen der höchsten Berggipfel erreicht hatte und von seinen beiden Verfolgern weit und breit nichts mehr zu sehen war, stieg Murtlar ab, tätschelte dem treuen Ross, das er so böse antreiben musste, den Hals und trieb es mit lauten Rufen ins Tal zurück. Es sollte nicht mit ihm zugrunde gehen. Vielleicht fand es ja zu seinem wahren Herrn zurück.

Dann war Don Dons Schimmel hinter dichten Schneewolken verschwunden, und Murtlar blickte sich um in der unwirtlichen Gegend, von der es hieß, dass hier die Götter hausten. Vielleicht zeigten sie sich ihm ja, bevor er für immer aus der Welt verschwand. Doch nichts regte sich in der zerklüfteten Felsenwelt, nur Bergzacken aus Stein und Eis starrten blind zu ihm herüber.

Wenn das die Herren der Berge waren, brauchte er sich nicht zu wundern, dass den Menschen so wenig Mitleid beschert war. Ein Schauer lief dem unglücklichen jungen Mann über den Rücken, und still legte er sich in eine Schneewehe, um für immer die Augen zu schließen. Kaum aber war er in die Finsternis eingetaucht, drangen vertraute Stimmen an sein Ohr – und dann blies ihm warmer Atem den Schnee aus dem Gesicht.

Überrascht schlug Murtlar die Augen auf – und erblickte die beiden weißen Ritter.

Hatte er denn zuvor nicht Hadams und Elwars Stimmen gehört? Welch böser Streich wurde einem Sterbenden da gespielt? Welcher Teufel erfand solchen Schabernack?

Da klappte der kleinere der beiden weißen Ritter das Visier hoch – und es war tatsächlich Hadam! Und der größere folgte seinem Beispiel – und es war Elwar! Hinter ihnen aber stand Don Dons Schimmel, der die vermeintlichen Verfolger als Freunde seines Herrn erkannt und diesem damit das Leben gerettet hatte.

Sofort wollte Murtlar Hadam und Elwar mit Fragen bestürmen, doch war er von den vielen Tagen des Hungerns und der anstrengenden Flucht viel zu erschöpft. Erst als ihn die beiden Freunde auf Don Dons Schimmel zur Höhle zurückgebracht und ein wärmendes Reisigfeuer angezündet hatten, kehrte nach langem Schlaf, vielen heißen Tränken aus Schneewasser und heilenden Wurzeln und ein wenig Brot aus den Satteltaschen der beiden Freunde Leben in ihn zurück.

Als er dann endlich fragen konnte, erfuhr er als Erstes, dass weder seine Jitka noch die beiden Meister oder seine Familie ihn je vergessen hatten. Tag für Tag hatten sie zusammengesessen und beratschlagt, wie sie ihm helfen konnten. Alle seine Verwandten und Freunde aber wurden von vielen alten und neuen Augen und Ohren, Mündern und Zungen beschattet, die dem goldenen Ritter treu ergeben dienten. So trösteten sie sich damit, dass ihr Murtlar während des Sommers in den seen- und waldreichen Tälern der Insel weder verdursten noch verhungern konnte, und begannen, als es Herbst wurde, Nacht für Nacht an zwei Rüstungen zu schmieden; denn nur als weiße Ritter verkleidet durften Hadam und Elwar die tagelange Suche nach dem Freund wagen.

»Und die Rösser?«, fragte Murtlar da nur noch, beschämt ob der schlimmen Vorwürfe, die er seinen Lieben gemacht hatte. »Wo habt ihr denn die wunderschönen Rappen her?«

Die Rappen waren gestohlen. Aus der Burg. Hinter den Rücken der von Hadams Geschwätz und viel Wein berauschten Torwachen hatte Elwar sie aus der Burg geführt. Doch die beiden jungen Männer hatten diesen Streich nicht nur gewagt, um den Freund zu retten. Ihr Herz bedrückte mehr. Das aber wollten sie Murtlar erst verraten, wenn er gänzlich zu Kräften gekommen war.

Es waren glückliche Eltern, die den Sohn in die Arme schlossen, als er mitten in der Nacht vor ihrer Tür stand. Es waren stolze Geschwister, die den großen Bruder, von dem nun alle wie von einem Helden sprachen, am Morgen darauf weckten. Es war eine von vielen Sorgen und Ängsten

befreite Jitka, die wenig später zu ihrem noch immer schwachen Geliebten geschlichen kam und ihn ständig neu umarmte, herzte und küsste.

Im Schutz der darauf folgenden Nacht kamen dann auch Jitkas Vater Aron, Hadam und Elwar und Murtlars beide Meister ins Haus und berichteten, nachdem die Wiedersehensfreude ein wenig abgeklungen war, schweren Herzens von der grausamen Herrschaft desjenigen, der sich selbst den wahren goldenen Ritter nannte und überaus fromm gebärdete, in Wahrheit aber nicht anders regierte als die lange Kette der Siegelbewahrer vor ihm. Hohe Steuern hatte er erlassen, der neue Herr über die Insel, viele strenge Gesetze und eine Unzahl von Verboten. Seine weißen Ritter aber, die wie ihr Herr stets nur mit geschlossenem Visier durch die Gassen ritten, machten sich einen Spaß daraus, alle Steuern mit unnachgiebiger Härte einzutreiben und die

Einhaltung der neuen Gesetze und Verbote mit eiserner Strenge zu überwachen.

»Und wo kommen die hin, die sich nicht unterordnen?« Hadam ballte vor Zorn die Fäuste. »Sie gehen den gleichen Weg wie unter Yaffar – den in die Bergwerke! Buße tun nennt der goldene Ritter, was früher Zwangsarbeit hieß, denn wer ihm nicht folgt, hat sich gegen die Götter gewandt. Und weil das ein schlimmeres Verbrechen ist als jede Unbotmäßigkeit unter den Siegelbewahrern, müssen die Gefangenen jetzt vierzehn Stunden arbeiten anstatt zwölf. Und in den Pausen gibt es mehr Gebete als Wasser und Brot.«

»Es heißt, unter seiner Führung würden wir eine neue, friedliche Welt aufbauen«, beendete Meister Turan die schlimme Erzählung. »In Wahrheit werden wir böser geknechtet als je zuvor.« Und er senkte still den Kopf, als erwarte er von Murtlar eine Antwort auf all die Vorwürfe an seinen Nachfolger.

Und der junge Glockengießer hatte verstanden: Den Freunden ging es darum, den neuen Tyrannen zu stürzen wie zuvor Yaffar – und voranreiten sollte wiederum er, Murtlar, der Einzige, dem viele folgen würden, wie Hadam und Elwar sicher zu wissen glaubten, da die Insulaner inzwischen längst eingesehen hätten, wie bitter Unrecht sie ihm getan hatten.

Aber hatte der Weißbart nicht gemahnt zu warten, bis der wahrhaft goldene Ritter kam? Und warum sollte denn ausgerechnet er, Murtlar, sich ein zweites Mal in Gefahr bringen? So sehr der junge Glockengießer seinen Freunden ihre Treue auch dankte, es verlangte ihn nicht nach einem neuen Abenteuer. Da er aber nun wusste, dass sie allein auf ihn vertrauten, blickte er nachdenklich zur alten Kaara hin, die wieder mal zu allem geschwiegen hatte. »Du hast mir schon einmal richtig geweissagt«, erinnerte er sie an ihr Gespräch Monate zuvor. »Sogar, dass ich stolpern werde, hast du vorausgesehen. Hast du vielleicht wieder ein Gesicht gehabt?«

Die Alte lächelte bitter. »Du bist nicht von selbst ins Straucheln geraten, Murtlar. Man hat dich niedergestoßen. Aber du richtest dich wieder auf und beginnst erneut zu kämpfen.«

»Gegen wen?«

»Gegen jenen!« Die Greisin wies mit dem Kopf in Richtung Burg.

»Und werde ich siegen?«

Da blickte Kaara betrübt zu Boden. »Es wird ein furchtbarer Kampf werden, Söhnchen. Wer aber am Ende steht und wer liegt, sehe ich nicht, denn in so weiter Ferne wird Messing zu Gold und Gold zu Messing.«

Es wurde geschwiegen und geseufzt, bis endlich Hadam vortrat und verkündete, dass viele Insulaner die erneute Unterdrückung so satt hätten, dass sie bereit seien, notfalls sogar ihr Leben einzusetzen, um den goldenen Ritter und alle seine Gefolgsleute von der Insel zu vertreiben. Deshalb würden sie Murtlar, sollte er ihnen wieder voranreiten, diesmal nicht singend und tanzend, jubelnd und springend folgen, sondern sich, so gut es ging, bewaffnen. Begehrten sie aber auf und brachten sich in Gefahr, so dürfe Murtlar sie nicht allein lassen. Denn schließlich sei er es gewesen, der ihnen gezeigt hatte, dass ein besseres Leben möglich war. Ließ er sie im Stich, so hatte er sie verraten, wie sie einst ihn verraten hatten.

Darauf gab es keine Gegenrede mehr, und so wurden rasch Pläne geschmiedet, denn jeder Tag, den sie länger warteten, konnte einer zu viel sein. Als am Ende jeder wusste, was er zu tun hatte, flüsterte Murtlars Mutter noch rasch ein Gebet vor sich hin; Jitka aber presste nur still die Hände ihres Liebsten. Er stand in der Pflicht, aber vielleicht war dieses das letzte Mal.

Es kam eine Nacht, wie geschaffen für einen Tyrannensturz: Kein Mond schien, keine Sterne leuchteten; der Himmel über der Insel war voll dichter, dunkler Winterwolken. Da fassten die drei Freunde sich ein Herz und ritten los, vorneweg Murtlar in der Messingrüstung, hinterdrein die beiden weißen Ritter Hadam und Elwar. Kaum aber hatten ihre Rösser die ersten Hufe in den harschen Schnee gesetzt, liefen Jitka, Aron, die beiden Meister, die alte Kaara und Murtlars Eltern und Geschwister schon durch alle Gassen, schlugen Stöcke gegeneinander, klopften an alle Türen und Fensterläden und riefen immer wieder: »Murtlar ist zurück! Bewaffnet euch und schließt euch an. Heute gilt es, böse Geister zu vertreiben.«

Die Insulaner in ihren Betten glaubten, den eigenen Ohren nicht trauen zu dürfen. Murtlar war zu ihnen zurückgekehrt, der junge Glockengießer, dem sie so schlecht gedankt hatten? Dann aber sprangen sie rasch auf und zogen sich an. Ganz egal, ob der Feldzug gegen die Burg ein gutes oder böses Ende haben würde, unter Murtlar und seinen beiden Meistern hatten sie ein freieres Leben schmecken dürfen; Tyrannenkost vertrugen sie nicht mehr.

So liefen bald Junge und Alte, Mutige und eher Ängstliche voll Kampfeslust hinter den drei Freunden her. In den Händen hielten sie, was sie beim raschen Hinausstürmen als Waffe empfunden hatten, war es auch nur ein Kochtopf, eine Kelle oder ein Besenstiel. Manch einem jedoch reichte allein die blanke Faust.

In der Burg hatte der Lärm, der vom Hafen herdrang, inzwischen alle aufgeschreckt. Der goldene Ritter stand auf dem vordersten Turm und erkannte in dem, der voranritt, bald seinen Widersacher in der messingnen Rüstung. Und wie zuvor Yaffar begriff er, welche Gefahr eine solche Vielzahl von Menschen bedeutete. Zurückweichen aber wollte er nicht, also gab er seinen Rittern Befehl, dem heranströmenden Volk entgegenzureiten und die nur unzulänglich Bewaffneten mit kräftigen Schwerthieben in ihre Betten zurückzutreiben. Den Ritter in der Messingrüstung allerdings sollten sie ihm vor sein Schwert schaffen, damit ein für alle Mal Ruhe auf der Insel war.

Das Tor wurde geöffnet, und sofort preschten die weißen Ritter mit hoch erhobenen Schwertern in den Schnee hinaus, während ihre Knappen Türme und Zinnen besetzten – einerseits, um die Schildwachen zu verstärken, andererseits, um deren Treue zu kontrollieren.

Murtlar sah die weißen Ritter aus dem Tor kommen, öffnete sein Visier und befahl allen, die ihm folgten, hinter ihm zurückzubleiben. Dann sprengte er vor, den weißen Rittern direkt entgegen. Überrascht zügelten die ihre Pferde: Da kam ja der, den sie gefangen nehmen sollten! Und er kam ganz allein auf sie zugeritten. Weshalb machte er ihnen ihre Arbeit so leicht? War das Ganze vielleicht nur ein Trick, um sie abzulenken und hinter ihrem Rücken die Burg anzugreifen?

»Edle Herren!«, begann Murtlar höflich, als Don Dons Schimmel ihn vor die Ritterschar getragen hatte. »Wir sind nicht gekommen, um mit Euch zu kämpfen. Wir wollen nur einen einzigen Kampf – den des messingnen gegen den goldenen Ritter.

Sagt also Eurem Herrn, dass ich ihn erwarte, um ihn dorthin zurückzuschicken, wo er hergekommen ist. Sollte er – oder solltet Ihr – nicht mit diesem Zweikampf einverstanden sein, bedenkt, dass Ihr nur ein paar Dutzend seid. Wir hingegen sind viele tausend, von denen jeder Einzelne nichts zu verlieren hat als ein Leben in Unfreiheit und Not.«

Die weißen Ritter erkannten, dass Murtlars Warnung nicht von der Hand zu weisen war. Warum nicht einen Kampf vermeiden, der ja auch vielen von ihnen das Leben kosten würde, wenn dieser Tölpel bereit war, allein gegen ihren übermächtigen Herrn anzutreten? Also schickten sie einen der Ihren in die Burg, dem goldenen Ritter die Herausforderung zu überbringen. Der war nicht dümmer als sie und außerdem voll Wut über jenen Burschen, der schon einmal auf seinem Platz gesessen hatte. Ein kurzer Wink, dann hatte man ihn in den Sattel gehoben und er jagte wie der Blitz aus der Burg.

Im selben Moment schob sich der Mond durch die Wolken und strahlte mit einer solchen Helligkeit auf Murtlar herab, dass seine Rüstung zu glänzen begann und der Schnee unter den Hufen seines Schimmels wie Sternenschein glitzerte. Einige der Alten, die Murtlar bis vor die Burg begleitet hatten, erkannten darin ein Zeichen der Götter und fielen ergriffen auf die Knie; so manches Ross der weißen Ritter begann nervös zu tänzeln.

Der goldene Ritter erschrak ebenfalls, gab seinem Pferd aber nur noch heftiger die Sporen. Und auch Murtlar trieb seinen Schimmel vorwärts und hielt dabei das Schwert, als wollte er jeden Augenblick mit dem goldenen Ritter die Klingen kreuzen. Bevor die Schwerter aber aufeinander prallten, riss er sein Ross herum und fuhr dem Ritter rücklings mit der Klinge über den Rückenpanzer, wie sein Widersacher einst an seinem Messing gekratzt hatte. War dessen Rüstung tatsächlich aus Gold, musste sie jeden Moment auseinander fallen wie zwei Teile eines Kuchens. War sie nicht aus Gold, würden alle erkennen, dass auch der wahre goldene Ritter nur ein Betrüger war.

Und richtig, kaum hatte Murtlars Schwert die Rüstung berührt, platzten schon die ersten Goldblättchen ab und grauschwarzes Eisen wurde sichtbar.

»Holla, Herr Erlöser!«, rief Murtlar vor Freude über den gelungenen Streich so laut, dass alle es hören konnten. »Mir scheint, so gross ist der Unterschied zwischen uns zwei Spitzbuben gar nicht.«

Die älteren Insulaner schwiegen überrascht.

Dass der Geist in der goldenen Rüstung kein Erlöser war, hatten sie unter viel Leid erfahren müssen. Dass aber nicht mal seine Rüstung echt war? Die jüngeren Zuschauer hingegen lachten erleichtert: Wenn dieser Ritter ebenfalls nicht der rechte war, hatte er keinerlei Anspruch auf seine Macht. Also durften sie ihn davonjagen – wenn sie konnten!

Inzwischen hatte der goldene Ritter seinen Schimmel herumgerissen und preschte von neuem gegen Murtlar los. Und der junge Glockengießer trieb wiederum sein Spiel und zerkratzte ihm ein zweites Mal den Rückenpanzer.

»Hasenherz!« Einen solchen Kampf gegen alle Regeln hatte der goldene Ritter noch nie zuvor geführt, und so stieg er nach weiteren vergeblichen Anläufen, seinen Gegner zu stellen, wutentbrannt vom Ross, um sein Glück im Nahkampf zu suchen.

»Nicht, Murtlar! Nicht!« Jitka hatte es nicht länger abseits gehalten. Von der langen Krankheit geschwächt, konnte ihr Liebster einen solchen Kampf auf Leben und Tod nicht bestehen. Der junge Glockengießer aber wusste: Wenn es nicht bald zu einem Zweikampf kam, würde die versammelte Ritterschar ihre Zurückhaltung aufgeben und es vielleicht doch noch zu einem Blutbad kommen. So stieg er trotzig in den Schnee hinab und der Ritter in der goldenen Rüstung konnte sich mit hoch erhobenem Schwert auf ihn stürzen.

Zum Glück war Murtlar schneller, gewitzter und geschickter als der zweikampferfahrene Ritter. Dennoch wurden ihm schon bald die vom Fieber ausgezehrten Arme und Beine lahm. Mit einem mächtigen Hieb zwang sein Widersacher ihn in die Knie und setzte schon an, ihm Helm und Kopf zu spalten, als Jitka dem riesigen Mann in der goldenen Rüstung voller Angst um den Geliebten einen jener Stöcke zwischen die Beine warf, mit denen sie zuvor Alarm geschlagen hatte. Der Ritter stolperte, geriet auf dem von den beiden Kämpfern glatt getretenen Schnee ins Rutschen und fiel der Länge nach auf den Rücken. Sofort war Murtlar über ihm, klappte ihm das Visier hoch, griff in den weißen Nebel – und hielt ein Stück hauchzartes weißes Tuch in der Hand. Aus dem Helm aber starrten ihn zwei finster blickende Augen an – Yaffar!

Der junge Glockengießer hatte längst damit gerechnet, unter dem Nebel ein menschliches Antlitz zu finden; dass es der ehemalige Siegelbewahrer sein würde, der sich als goldener Ritter in seine alte Macht zurückgeschlichen hatte, überraschte ihn dennoch. Erst schaute er verdutzt, dann musste er lachen, winkte die ihm am nächsten stehenden Männer und Frauen aus dem Volk heran und zeigte ihnen, wer da gekommen war, um sie unter neuem Namen, aber auf alte Weise zu erlösen.

Die Insulaner wollten lange nicht glauben, was sie zu sehen bekamen. Das Gesicht aber, das ihnen so düster entgegenstarrte, mitsamt dem schwarzen Bart, den sie so gefürchtet hatten, war Yaffars Gesicht. Daran änderte auch dreimaliges Hinblicken nichts. Und so verbreitete sich die Nachricht wie ein Lauffeuer in der Menschenmenge: »Es ist Yaffar!« – »Er hat es tatsächlich gewagt!« – »Welche Dreistigkeit!« – »Welche Frechheit!«

»Und die ihn begleitet und beschützt haben«, erkannte Meister Rass voll Zorn, »wer sollten die dann wohl sein, wenn nicht jene, die mit ihm gingen, weil sie Strafe oder Rache fürchteten.« Und er machte ein paar Schritte auf die weißen Ritter zu und spuckte heftig vor ihnen aus. Die aber konnten nicht antworten, wie sie es wohl am liebsten getan hätten, wollten sie nicht ihren Herrn gefährden.

»Und den weißen Nebel?«, fragten einige noch immer Ungläubige. »Wie hat er den zustande gebracht?«

»So!« Hadam nahm das feine Tüchlein, legte es

sich vors Gesicht und blies sanft dagegen. Sofort sah es aus, als walle in seiner Rüstung dichter weißer Nebel auf.

Einige lachten, andere waren empört: Auf so einen plumpen Trick waren sie hereingefallen? Dafür würden sie sich bis ans Ende ihrer Tage schämen müssen. Murtlar aber hatte nicht vergessen, wie Yaffar ihn vor allem Volk als Dieb hingestellt hatte, presste dem zum zweiten Mal gestürzten Tyrannen die Klinge seines Schwerts auf die Brust und fragte nach dem goldenen Siegel. Und der um sein Leben Bangende gestand, es noch rasch eingesteckt zu haben, bevor er das erste Mal aus der Burg vertrieben worden war. Später habe

er dann aus dem eingeschmolzenen Gold den Anstrich für seine Rüstung gewonnen.

Lange war alles still. Allein die Rösser der weißen Ritter schnaubten erregt. »Und was machen wir nun mit ihm?«, wurde danach gefragt. »Lassen wir ihn ein weiteres Mal laufen, damit er neue Pläne gegen uns schmieden kann?«

»Er soll an die oberste Zinne der Burg gehängt werden, damit die Geier ihre Freude an ihm haben«, antwortete ein über diese schlaue Rückkehr an die Macht besonders Erboster. Ein anderer wollte den ehemaligen Siegelbewahrer lieber gleich totschlagen: »Wer weiß, wie oft er uns sonst noch reinlegt.«

»Nein«, widersprach Murtlar, und das nicht nur, um die nun endgültig unruhig werdenden weißen Ritter zu besänftigen. »Wir werden niemanden umbringen. Deshalb bleibt uns keine andere Wahl, als Yaffar wiederum nur von der Insel zu verbannen. Diesmal aber setzen wir ihn und seine Spießgesellen auf einem weit entlegenen, unbewohnten Eiland aus. Dort können sie sich durch eigene Arbeit am Leben erhalten. Damit Yaffar uns aber keine Streiche mehr spielt, werden wir dafür sorgen, dass von nun an jeder Ritter vor dem Burgtor sein Visier zu öffnen hat.«

»Und wenn er sich weigert?«, rief einer aus dem Volk.

»Dann muss er unsere Insel sofort verlassen, egal ob seine Rüstung golden, silbern oder nur wie Messing glänzt.«

Einige lachten, ein anderer rief: »Und wenn er sich wieder einen Trick einfallen lässt? Sicher gibt es viele Sorten Nebel.«

»Dann werden wir ihn an der Nase packen. Wo eine Nase ist, da ist auch ein Gesicht.«

Erneut gab es Gelächter, und damit war die Sache abgemacht, obwohl diese kleine Strafe für einen, der so schlimmes Unrecht begangen und so viele Menschen auf seinem Gewissen hatte, nicht alle Rachegelüste befriedigte. Die Mehrzahl der Insulaner jedoch war mit Murtlars Urteilsspruch einverstanden und auch die weißen Ritter begehrten nicht dagegen auf. Ihr oberster Herr lebte ja noch. Wenn sie sich still verhielten, würde er am Leben bleiben. Wenn nicht, war er des Todes und auch sie würden nicht ohne Opfer davonkommen. Also zügelten sie weiterhin ihre wild stampfenden Rösser und gestanden sich ihre Niederlage ein.

Die blasse Morgensonne schickte ihre ersten Strahlen übers Meer, da wurde Yaffar schon auf eines der Schiffe gebracht, die eisverkrustet, aber seetüchtig im Hafen lagen. Drei junge Männer mit scharfen Schwertern gingen mit an Bord. Alle weißen Ritter, alle Knappen und alle anderen, die ihrem Herrn folgen wollten, wurden auf zwei weitere Schiffe verteilt. Die allerdings benötigten keine Wachen. Die Geisel Yaffar hielt alle Hitzköpfe davon ab, die Niederlage noch einmal wenden zu wollen.

Proviant wurde an Bord genommen, die Leinen wurden gelöst, und dann segelten die beiden Schiffe mit den Rittern und Knappen und anderen Yaffar-Getreuen dem ihres Herrn voraus. So war es abgemacht: An einer weit entfernten südlichen Insel würden zuerst alle anderen an Land gebracht werden, danach, viel später, sollte Yaffar in einem Boot seinen Getreuen nachrudern. Damit war sichergestellt, dass weder die Wachen noch die Seeleute einen Angriff der Ritter befürchten mussten.

Und Yaffars Frauen und Kinder und die seiner Ritter und Knappen, die noch immer auf dem Festland lebten, da ihre Anwesenheit auf der Insel Yaffars Rückkehr an die Macht verraten hätte? Wenn sie es wollten, würden jene drei Schiffe sie ebenfalls auf die Verbannungsinsel schaffen.

Erneut eine Entscheidung, für die Murtlar viel Lob erntete. Jitka aber, die neben ihrem Liebsten am Kai stand und versonnen den Schiffen nachblickte, fragte plötzlich, weshalb die Götter dieses ganze Hin und Her der goldenen Ritter denn überhaupt zugelassen hätten – oder ob es vielleicht nicht nur keinen goldenen Ritter, sondern auch gar keine Götter gebe?

Eine Frage, die viele Insulaner zutiefst erschreckte. Würde nicht gleich ein schlimmes Unglück über Jitka hereinbrechen? Und wenn nicht, hatten sie dann viele Jahre umsonst gewartet, gebetet und gehofft?

Murtlar jedoch dachte wie Jitka. In der ganzen Zeit seiner Bergeinsamkeit, nicht einmal, als er in die höchsten Gipfel hinaufgeflüchtet war, hatte sich auch nur ein einziger Herr der Berge blicken lassen.

Der alten Kaara konnte eine solche Antwort nicht gefallen. »Dass man etwas nicht sehen kann, heißt noch lange nicht, dass es dieses Etwas nicht gibt«, widersprach sie zornig und so mancher rechts und links von ihr nickte dazu: Es war nicht recht, auf einmal alles und jedes und sogar die Götter in Frage zu stellen.

Meister Turan empfand das ganze Gespräch als

müßig. »Egal ob es Götter gibt oder nicht«, wischte er alle Fragen und Antworten beiseite. »Eines ist sicher: Wenn es sie gibt, kümmern sie sich nicht um uns. Also müssen wir unser Schicksal ein zweites Mal in die eigenen Hände nehmen.«

Diese Worte machten Murtlar hellhörig. Hieß das etwa, er solle wieder den goldenen Ritter spielen? Er wollte endlich in Meister Rass' Werkstatt zurück und möglichst bald seine Jitka heiraten. Und war denn jene Maskerade überhaupt eine Erlösung gewesen? Es war doch nur ein Fürst durch einen anderen ersetzt worden, auch wenn dieser andere sich noch so milde und gerecht gab und, wie er sicher wusste, für alle nur das Beste wollte.

»Keine Angst!«, beruhigte ihn Meister Turan. »Wir verbrennen uns die Hand nicht zweimal am selben Feuer.« Und damit schlug er auch schon vor, anstatt wiederum nur irgendeinen obersten Machthaber einzusetzen, einen Rat der ehrbaren Leute zu gründen. In diesem Rat sollten die unterschiedlichsten Meinungen geäußert werden und auch die Zweifler, Spötter und Possenreißer zu Wort kommen dürfen, damit die zu wählenden obersten fünf Ratsmitglieder stets wussten, welche Meinungen, Hoffnungen und Wünsche im Volk vorhanden waren.

Dieser Vorschlag gefiel allen und so wurde für den Abend eine große Versammlung anberaumt. Stattfinden sollte sie in der Burg, dem einzigen Gemäuer, das so vielen Menschen Platz bot. Zuvor jedoch sollten sich alle mit Schlafen und Essen für eine neue lange Nacht stärken.

Es wurde eine sehr hitzige und streitbare Versammlung. Die einen verlangten das, die anderen dies, die Nächsten ganz was anderes. Und nicht nur die Zweifler, Spötter und Possenreißer meldeten sich zu Wort, auch die Minnesänger und die sonst so stillen Einsiedler aus den Gebirgstälern hatten Vorschläge zu machen. Jeder wusste besser als alle anderen, wie regiert werden musste. So gab es bald rote Köpfe, Beleidigungen und Zornesanfälle, derben Hohn und lautes Gelächter. Gegen Morgen jedoch, als die Müdigkeit über die Leidenschaften gesiegt hatte, waren alle zumindest zu der einen Erkenntnis gekommen, dass sich selbst zu regieren keine leichte Aufgabe war. Unter den Siegelbewahrern und goldenen Rittern war es einfacher gewesen: Der Herrscher befahl, man murrte und schimpfte, aber gehorchte. Jetzt hieß es, selbst Ideen zu haben, Wege zu suchen und geradezustehen für das, was man durchsetzte.

Dennoch wollte niemand in vergangene Zeiten zurück, denn Streiten, Suchen und Finden machte ja auch Spaß. Also wurden die härtesten Dickschädel, unter denen sich zum Glück auch der eine oder andere kluge Kopf befand, in den Rat der ehrbaren Leute entsandt. Dieser Rat wählte fünf aus seinen Reihen in den Rat der Weisen, der die Regierungsgeschäfte zu übernehmen hatte und vom Rat der ehrbaren Leute kontrolliert werden sollte. Damit jene, die gerade oben waren, aber nie vergaßen, wie es sich unten lebte, beschloss man, den Rat der Weisen alle drei Jahre neu zu bestimmen und die ehemaligen Weisen bis zur nächsten Wahl in ihre alten Berufe zurückzuschicken. Das fanden viele gut und manche schlecht und so musste auch über diese Entscheidung erst lange gestritten werden.

Murtlar und Jitka beobachteten alles mit Bangen und Kopfschütteln. Nie hätten sie gedacht, dass es unter den Insulanern dermaßen viele Besserwisser und prahlerische Dummköpfe gab. Zum Schluss aber freuten sie sich, dass auch Meister Rass und Jitkas Vater Aron im Rat der ehrbaren Leute ihre Stimme erheben durften und Meister Turan sogar zu einem der fünf Weisen gewählt wurde.

Die Räte tagten noch, da brachte Murtlar Don Don seinen Schimmel zurück und bedankte sich herzlich für das brave Tier, ohne dessen Treue manches nicht so gekommen wäre, wie es nun mal gekommen war. Und wie die beiden Männer da so miteinander allein waren, fragte der junge den alten nach seiner Meinung. Gab es wirklich Götter, die für alles verantwortlich waren? Und wenn ja, würde der goldene Ritter dann eines Tages doch noch kommen? Und könnte er tatsächlich so viel Besseres zuwege bringen, als Menschen in ihrer Fehlerhaftigkeit es konnten?

Erstaunt zog der alte Minnesänger die Augenbrauen hoch. »Was mutest du mir denn da zu? Wenn du ein Lied hören willst, dessen Zeilen dir vor Zorn und Schmerz die Brust zerreißen, sing' ich es dir. Wenn du getröstet werden willst, finde ich andere Lieder. Ein Prophet wie dieser Weißbart, von dem erzählt wird, bin ich nicht.«

Mit dieser Auskunft musste Murtlar sich zufrieden geben, und so verabschiedete er sich schließlich von Don Don und seinem wackeren Schimmel, der wohl lieber noch weitere Abenteuer mit ihm erlebt hätte, und ging zu Fuß in die Gasse der Handwerker zurück.

Im Sommer darauf wurde Hochzeit gefeiert und der alte Don Don spielte zum Tanz auf. Ganz zum Schluss schenkte er Jitka und Murtlar dann noch ein Lied. Es handelte von der Suche nach dem großen Glück und endete in der Schlussfolgerung, dass Menschen allein in der Suche danach glücklich werden konnten. Glaubten sie, ihr Glück gefunden zu haben, war es schon keines mehr. Damit hatte der alte Minnesänger Murtlars Frage zu guter Letzt doch noch beantwortet, wenn auch auf seine eigene, nicht alle zufrieden stellende Weise. Die alte Kaara nämlich hatte noch in der Hochzeitsnacht ein Gesicht, das sie am nächsten Morgen allen verkündete und dem zu entnehmen war, dass der wahre goldene Ritter eines Tages schon noch kommen werde. Und das sei auch ganz richtig so, da auf einer Flöte stets nur einer blasen könne und nicht gleich ein ganzer Rat von Musikanten, von denen die meisten sowieso keinen einzigen reinen Ton zustande brächten.

Über diese Worte wurde viel gelacht. Jahre später jedoch – Jitka und Murtlars erstes Kind spielte bereits Fangen, das zweite lernte gerade laufen – wurde vor der Burg, in der nun die Räte tagten, ein einzelner Ritter auf einem mächtigen Schimmel gesichtet. Er ritt direkt aufs Burgtor zu, trug eine goldene Rüstung und auf dem Helm den farbenprächtigsten Federbusch. Die vorsichtigen Torwachen vermuteten hinter dem geschlossenen Visier Yaffars Bart, hießen den Ritter, sein Gesicht zu zeigen – und erblickten wiederum nichts als weißen Nebel.

»Entschuldigt, hoher Herr!«, rief da der oberste Wachhabende, stieg seinem jüngsten Schildträger auf den Rücken und griff kühn in des Ritters Helm, um den vermeintlichen Schwindler an der Nase zu packen. Doch da war keine Nase und also auch kein Gesicht. Und der Ritter in der goldenen Rüstung begehrte nicht einmal auf gegen diesen unfreundlichen Empfang, blieb nur freundlich und milde auf seinem Schimmel hocken.

Da kamen die Männer vor dem Burgtor zu dem Schluss, dass dieser Ritter, der sich ihnen als von den Göttern gesandter Erlöser vorgestellt hatte, tatsächlich der vor vielen Jahren prophezeite goldene Ritter sein musste. Andererseits erinnerten sie sich daran, wie viel Kraft und Mühe es sie gekostet hatte, die Herrschaft über ihr Leben in die eigenen Hände zu nehmen. Ja, und wussten sie denn, welche Art Erlösung dieser Ritter ihnen brachte? Der Rat der ehrbaren Leute handelte zwar nur selten wahrhaft ehrbar und der der Weisen nur in Glücksfällen wirklich weise, ihren Räten aber konnten sie auf die Finger schlagen, wenn sie sich gar zu dumm anstellten oder allzu eifrig in die eigenen Taschen wirtschafteten; ein Herrscher, ob von den Göttern gesandt oder im eigenen Auftrag reisend, würde sich das nicht gefallen lassen. Also wiesen sie den Ritter trotz aller Bedenken höflich ab.

»Danke schön, edler Herr! Dreht nur wieder um«, sagte der oberste Wachhabende. »Ihr kommt leider viel zu spät.« Und sein jüngster Schildträger ergänzte stolz: »Wir haben uns schon selbst erlöst. Das war viel Arbeit. Noch mal möchten wir die nicht auf uns nehmen. Und ein goldenes Siegel, das Ihr ins Meer werfen könntet, gibt es schon lange nicht mehr.«

Da zog der goldene Ritter achselzuckend wieder von dannen, und die alte Kaara schimpfte laut, als sie davon erfuhr. Denn ein zweites Mal würde der Ritter nicht kommen, davon war sie überzeugt. Und so schön, dass es nicht noch viel besser werden konnte, würde es niemals sein.

Murtlar, der seinem Jüngsten gerade den Rotz von der Lippe putzte, aber sagte nur: »Na und? Da haben wir eben unser Leben lang was zu tun.« Und Jitka ergänzte: »Sonst wär's ja auch zu langweilig.«

Klaus Kordon
Die Reise zur Wunderinsel
Roman
Mit Bildern von Jutta Bauer
Gulliver Taschenbuch (78030), 184 Seiten *ab 11*

Silke lebt mit ihren Eltern am Rande eines großen Industriegebietes, wo aus hohen Schornsteinen schwarze Rauchschwaden in den Himmel steigen. Ist Silke deshalb so krank geworden? Die Ärzte glauben nicht mehr an Heilung. So beschließen die Eltern, ihrem Kind den allergrößten Wunsch zu erfüllen – mit einem Segelschiff in die Südsee zu reisen. Sie verkaufen ihr Einfamilienhaus und stechen mit der *Oma Breuer* in See. Bis in die Südsee kommen sie zwar nicht, Abenteuer gibt es unterwegs jedoch genug: Sie geraten in wilde Stürme, ein blinder Passagier sorgt für Aufregungen und auf einer unbewohnten Insel verbringen sie sechs wunderschöne Wochen. Dort passiert dann etwas, das allen wie ein Wunder vorkommt …

»Ein Buch, das Mut macht, auch in scheinbar hoffnungslosen Situationen etwas zu wagen und nicht aufzugeben.«
Neue Jugendbücher

www.beltz.de
Beltz & Gelberg
Beltz Verlag, Postfach 10 01 54, 69441 Weinheim

Erwin Moser
Jenseits der großen Sümpfe
Eine Sommergeschichte
Mit Kapitelzeichnungen von Erwin Moser
Gulliver Taschenbuch (78145), 208 Seiten *ab 10*

Der Sommer ist heiß. Die Dorfjungen erleben eine wilde Ferienzeit. In ihrer geheimen Schilfhütte schmieden sie abenteuerliche Pläne. Eines Tages ist die Hütte zerstört. Das waren die Marktgaßler – denen werden sie es zeigen! An manchen Tagen (wenn es mal nicht gegen die Marktgaßler geht) erfindet Erich tolle Geschichten. Zum Beispiel die mit den zweiköpfigen Pferden. Und Erwin fängt an, jemanden besonders gern zu haben … Die Geschichte eines Feriensommers im Burgenland; Erwin Moser hat ihn selbst erlebt.

»Ein zauberhaftes Buch über einen zauberhaften Sommer im Burgenland, eine Idylle, so rund und heil wie etwa Mark Twains unsterbliche Abenteuergeschichte von Tom Sawyer und Huckleberry Finn.«
Mannheimer Morgen

www.beltz.de
Beltz & Gelberg
Beltz Verlag, Postfach 10 01 54, 69441 Weinheim

Benno Pludra
Das Herz des Piraten
Roman
Mit Bildern von Jutta Bauer
Gulliver Taschenbuch (78086), 176 Seiten *ab 10*
Auf der Auswahlliste zum Deutschen Jugendliteraturpreis

Da ist ein kleines Mädchen, Jessika, stets Jessi genannt. Sie lebt mit ihrer Mutter Elise in einem Dorf, irgendwo am Meer. Einen Vater hat sie nicht. Sie hat ihn nie kennen gelernt, den Schausteller, Reiter und Schwertakrobaten Jakko. Plötzlich war er weg. Das ganze Dorf weiß das längst, aber Jessi ist keine, die darüber redet – bis sie am Meer den Stein findet, den einzigen, ganz und gar lebenswichtigen Stein, mit dem sie reden kann und der ihr so warm in der Hand liegt …

»Pludras Erzählung gehört zum Schönsten, was die Kinderliteratur der letzten Zeit hervorgebracht hat.«
Hans-Heino Ewers, FAZ

www.beltz.de
Beltz & Gelberg
Beltz Verlag, Postfach 10 01 54, 69441 Weinheim

Nasrin Siege
Als die Elefanten kamen
Roman
Gulliver Taschenbuch (78466), 196 Seiten *ab 11*

Am liebsten schleicht sich Zawadi mit seinem Freund Omari in den Dschungel, um die Tiere zu beobachten: den schlauen Honigvogel, Gazellen und Affen oder – hoch oben vom Tamarindenbaum aus – Elefanten und Büffel. Seit der Naturpark eingerichtet wurde, ist es verboten, Tiere zu jagen. Das erregt auch den Unmut der Dorfbewohner, denn sie haben Angst vor dem menschenfressenden Löwen, und die Elefanten zerstören die Felder. Eines Tages jedoch werden die Überreste eines Elefanten gefunden. Ist Omaris Vater, auf den der Verdacht fällt, wirklich der Wilderer? Die beiden Jungen wollen die Wahrheit herausfinden und dabei geschieht beinahe ein Unglück.

Alfred Wellm
Das Pferdemädchen
Mit Bildern von Hans-Günther Döring
Gulliver Taschenbuch (78427), 120 Seiten *ab 10*

Raya war einmal ein stolzes Dressurpferd, aber das ist lange her. Jetzt ist die Stute alt und blind. Dennoch liebt Irka das Pferd über alles. Stundenlang liegt sie auf seinem Rücken und träumt davon, eine berühmte Zirkusreiterin zu sein.
In diesem Sommer jedoch verändert sich Raya. Sie galoppiert und dreht Pirouetten wie in alten Zeiten. Und dann passiert etwas Unglaubliches!

www.beltz.de
Beltz & Gelberg
Beltz Verlag, Postfach 10 01 54, 69441 Weinheim